KB070942

투명하게 서글피

서연정

1997년 《중앙일보》 지상시조백일장 연말장원, 1998년 《서울신문》 신춘
문예 시조 당선 등단. 2023년 제43회 가람시조문학상 수상. 시조집 『먼
길』 『문과 벽의 시간들』 『무엇이 들어 있을까』 『동행』 『푸른 뒷모습』 『광
주에서 꿈꾸기』 『인생』 발간. 현재 광주전남시조시인협회 회장.

투명하게 서글피

—

초판 1쇄 2024년 5월 21일
지은이 서연정
펴낸이 김영재
펴낸곳 책만드는집

—

주소 서울 마포구 양화로3길 99, 4층 (04022)
전화 02-3142-1585·6
팩스 336-8908
선사우편 chaekjip@naver.com
출판등록 1994년 1월 13일 제10-927호
ⓒ 서연정, 2024

—

ISBN 978-89-7944-868-9 (04810)
ISBN 978-89-7944-513-8 (세트)

한국의 단시조
0
3
7

투명하게 서글피

서연정 시집

책만드는집

생애 여덟 번째 시조집을 단시조집으로 짓는다.
연시조 몇 편을 단시조로 개작하였고,
3부와 6부의 작품은 앞서 펴낸 시조집들에서 불러
냈다.

언제 어디에서나
꽃은 너무나 천진하게 진실하게 아름답고 절실하다.
꽃은 앙버틴 그 시간을 씨앗으로 남긴다.

우리는 어떤 꽃일까.

2024년 봄
서연정

| 차례 |

1부

봄까치꽃

내일이 안 온다면 노역을 어찌 견뎌
쓰러진 이 들녘에 싹을 내고 꽃을 보랴
한 꼬집 희망에 취해 소란스레 웃는다

구절초

조촐한 눈동자로 돌무덤을 지킨다

가녀린 마디마디 바람의 소슬한 칼

희비극 새겼으련만 여미는 빛 해맑다

척하는 꽃

아픔을 모르기에 활짝 그리 피려는가
슬픔을 모르기에 곱게 그리 지려는가
그리움 물크러져도 괜찮은 척 사람아

별꽃

푸르건만 연약해 장뼘 넘게 자라도
뽑는 대로 뽑히고 밟는 대로 뭉개질 때

순순한 하얀 미소를 목숨처럼 지킨다

16

자귀나무 꽃줄기에 땅거미가 내리면

사랑을 추스른다 꽃잎들을 오므려
둥근 품을 짓는다 공손해진 줄기로
마음이 아무는 시간 기도를 시작한다

금낭화

철부지 울음보를 골무도 없이 꿰매셨을까

사무친 마디마디 꿈결에도 아프다

어머니 자비慈悲 주머니 땀땀이 붉은 마음

복수초

뛰는 봄의 심장은 엎드린 겨울에게서

이식받은 미래기 그 필연을 기억해

설풍에 티 하나 없이 오로지 금빛 미소

무화과나무

익은 비밀이 온통 활짝 핀 꽃이어라

홀로 견딘 것들을 굳이 말하지 않는다

한살이 진정한 영예 열매인가 꽃인가

상강霜降 민들레

울지 않는 딸은 없다
엄마를 생각하며

그 딸 같은 꽃이 쪼그려 피고 있다

서리에 홑겹이구나 목장승도 언 새벽

2부

옥향로

눈바람이 윤을 낸 천년 석불 옥향로玉香爐

염원을 새겨 넣고 지극정성 옥향로

흙비도 범접지 못해 새맑아라 옥향로

시계꽃

태양이 조립한 것을 달이 분해하는가?

시간이 덤불숲에 나사를 숨기는가?

한철을 더듬거렸는데

풋열매가 익었다

입춘 백양사

– 서옹 스님인 줄 모르고 서옹 스님을 만나다

언 맘을 녹여볼까
당겨쓴 어느 새봄

어디서,
혼자 왔소,
노스님 물으시네

아셨나
울러 온 줄을

낙숫물은 흐르고

투명하게 서글피

폭설 견딘 나뭇가지
우수雨水에 꺾이는 소리

헙수룩한 발자국에 투명하게 서글피

인연들 붉은 눈시울
봄이 오면 봄과 함께

짧은,

후르르 날리는 봄 붙잡아 곁에 두리

벚꽃 10리 신기루 들메끈은 풀린 채

갈림길 밤이 깊도록 헝클리고 헝클고

폭설 속에서

오래 함께 걸은 길 속정이라 새겼는가
당신과 나 아스라이 사는 숲이 멀구나
서성인 발자국 녹아 패인 맘에 고인다

나목

여민 마음 푸르르
뜯어내는 색색 실밥

보일 것도 가릴 것도
이제 더는 없구나

당당히
자기 시간을
용서하는 용기여

달팽이

한 걸음 뗄 적마다 끈끈한 땀이 난다

아는 길 모르는 길 오로지 걸어갈 뿐

지고서 가야 할 길을 무겁다고 벗으랴

3부

웃는 꽃

엎드려 꽃핀 풀이 씨를 맺는 중이다

이름을 알아야겠다 식물도감 들이대자

존재는 방계의 혈족

박장대소 웃는다

한해살이풀 연보年報

걷잡지 못할 환희에 모종이 몸을 떤다

마음껏 울고 웃고 피었다가 지는 일

죽도록 해보겠다고

실뿌리 기를 쓴다

샐비어
−매미 소리 2

영세민 아파트 좁은 뜰에
샐비어꽃 피어난다

뭉클뭉클 터지는
울음의 불꽃놀이

생활은 철망을 짜도
하늘 문득 붉어라

가출이냐, 출가냐
– 1998년

낚아채는 바람을 잘 참아줘
고맙소

줄장미 가시로 사내는
가슴팍에 편지를 쓴다

부서진 까치집에는
수취인
이미 없다

한겨울 제비꽃

때 없이
지하역에
피어난 제비꽃

은전이 떨어질 때면
소금알 같은 소름 돋아

어둠의 깊이를 재듯
고개 더욱 꺾습니다

담쟁이

벌어진 상처 깊이

쓰린 약을 바르듯

무릎걸음 자리마다

돋아나는 실뿌리

흉터엔 더욱 더 배게

푸른 약손 덮는다

수선화

누가 묻은 꿈일까
솟구친 영혼의 빛깔

검은 흙을 찢고 나온
날카로운 갈망

불현듯 태양을 지고
눈부신 고독이 오네

수레국화

평모들* 수레국화 절경이 지기 전에

언제 한번 만나요 눈부처 보고 싶소

간직한 열매 나눠요 수레바퀴 멈추고

* 평모들: 무등산 자락 충효동 일대 들녘의 옛 지명. '평무들'이라고
도 함.

꽃, 구경究竟

화염처럼
비수처럼
산철쭉
핀다

당신과 내가 함께
순장된 붉은 폐허

아스란 그 낭떠러지를
움켜잡고
핀다

추억의 제단

푸른 창窓 늘어갈수록
무거워진 형벌인가

징그러운 그리움
기어간 자국인가

내걸린 시간의 껍질

숨 막히는
꽃

낙화…낙화…낙화…

눈부시게 빛나서 오히려 참혹한 때

슬픔까지 씻어내린 정갈한 공복의 때

술잔에
쓸개를 썰어
누가 나눠 마시나

벚나무 눈부실 때

눈부시게 애틋한
꽃 뒤에 숨은 헌신

헤아리지 못하여
놓친 줄도 몰랐네

저 많은 사랑의 순간

허공의 버찌

아름다움에 대하여

뿌리를 다 내놓은 다산초당 동백나무
불끈불끈 푸른 힘줄로 칼바람 나꿔채서*
맥마다 뜨거운 풀무질 잉걸불을 일으킨다

* 나꾸다: '낚다'의 전라도 토박이말.

4부

구름 발소리

울음이 무거워지는 가을인가 봅니다

불협화음 마음을 내려놓는 대기권

구름이 지나갑니다
들으셔요 빗소리

색노끈

연을 놓아주었다
어디로든 가거라

바람의 향방에서
내가 놓여났다

색노끈
풀리는 허공
흘러가라 구름아

만첩홍도

비에도 바람에도 불꽃심 타고 있다

고립무원 바위를 비추는 홍사등롱

아까워 못다 본 봄을 다 저물어 안는다

벚꽃비

오는가 싶은 찰나 가는 봄의 뒷덜미
소리 없는 피리 소리 따르듯 꽃이 지네
휘몰이 흰 그늘 아래 낙수받이 정수리

배롱나무꽃

가다 서다 돌아와 다시금 일고 지네

백의 백 일 다시 백 일 소용돌이치는 운문雲紋

겹겹이 습자한 마음 차마 숨긴 고백일레

꽃무릇

불꽃을 던지면서 불새가 돌아온다

슬픔 앞에 뜨겁게 맞불을 지를 테다

살수록 사모할수록 한 떨기 추운 마음

숨은 사랑의 향기

참 오래 잘 숨겨온 연두 꽃빛 버리고

폭발하는 은행나무 다 보란 듯 황금빛

아득해
너무 가득해
신에 묻은
길 냄새

유자나무 꽃의 미래

얇게 저민 폐간肺肝을
유리잔에 우릴 때

고백은 때가 늦고
노을은 빛이 곱다

이끼 핀 외나무다리를
건너가는 청향

눈보라

하늘이 무너지면
별이 쏟아지리라

다짐 같은 눈 내리네
아름다운 파쇄

가슴을 찢어 날리네
다지듯 눈 쌓이네

광주송정역

이곳에서 우리는 만남을 기약한다

바람을 타기 전에 기도하듯 한 번 더

가만히 이별을 안네 고속철도 구름역

5부

해가 들어가는 곳

가난 동지 둘이서
찬 벤치에 다가앉아

가진 것이 없지만
나눌 것을 찾는다

쓸쓸도 쏠쏠하여라
한나절을 나누는 해

늙은 매화나무의 꽃

어제보다 눈썹 한 올 희끗희끗 성글어

이슬이나 향에 부쳐 주석을 다는 사람

섬기듯 그냥 그 둘레 다정하게 몇 마디

동창회

이쪽을 끌어당기면 저쪽이 짧아져서
시린 가슴 덮으니 맨발이 드러난다
한 장씩 이어 붙이는 무릎담요 기억들

눈꽃

먼저 내린 눈들은 눈사람이 되었다

정수리에 어깨에 가슴에 소복소복

다가와 저를 녹인다 안 아프게 스민다

아름다운 볕뉘

호미의 시간이 그토록 빨리 가고
낮의 시간 이어서 지금은 삽의 시간
뒤얽힌 땅속의 그늘 파 엎으니 드는 볕

손톱만 한 풀의 꽃

이상하지 이상도 하지 세상 참 별스럽지
화려하지도 크지도 않은 널 바라 고마워하는지

바위틈 보일 듯 말 듯
간직한 신의 눈매

외할머니처럼

잎을 주고 꽃 주고 열매를 주시더니

해빙기 비탈길에 뿌리 계단 놓는 나무

태 나는 영광도 없이 당신 전부를 바치네

안녕하시지요

흰 눈에 발이 묶여
멈추니까 보인다

만남은 쏟아지고
헤어짐은 쌓이지

식은 방 군불 지피듯
안부들을 묻는다

허공 다리

묵묵한 나무들이 허공 뚫고 꽃을 낸다

드디어 각을 지워 노래가 둥글구나

닿을 듯 천 리 먼 길을 건너가는 마음들

6부

풀밭

풀 베듯 베어낸 인연 풀 자라듯 살아와 맺히고 떨어지는 생명이 영롱하네 맨발로 줄달음치는 시간의 풀밭에서

강

목 타는 들 만나면 맑은 젖을 물린다

벅찬 여울 닥치면 응원가 더욱 높다

오종종 매달고 간다

사람들의 마을을

初行

실버들 얽힌 동행 그예 깍지 풀려서

등 돌리니 낯선 길 어머니 홀로 가네

구름 속 구름이 되어 아스라이 먼 초행

가족
― 매미 소리 1

한 줄기 올망졸망 복대기는 감자알처럼

울음소리 더더귀더더귀 나뭇가지에 열리는 날들

슬픔도 일가를 이루면

좀 덜 외로울까?

해방
― 매미 소리 3

연장도 없는 석수장이 오로지 절절 우는데

그게 또 웬 힘이라고 사방 돌산 뚫려서

천 마리 만 마리 슬픔 꿈틀꿈틀 기어 나오네

공친 날

오종종히 모여서 상처를 긁고 있다

손톱 밑에 까맣게 살비듬 박히는데

태양은 무료 급식처럼 뒤통수에 따갑다

등을 미네

읽던 책의 갈피에 보람줄을 끼워둔 채

바람만바람만 걷다 보니 노을 지는 동구 밖이다

별빛은 따라오너라……

어둠은 돌아서거라……

홈쇼핑 1

무료 전화
외상 환영
미끼를 던져놓고

연중무휴 아름답다
화면 속 일상이란

허기를 재생산하며
꿈공장은
성업 중

SNS

밀실의 중얼거림에 확성기 들이댄다

외줄을 타던 언어 작두에 떨어진다

보고파
보여주고파

판타지에
접속 중

뚝배기

필부필부 허기 채우는 든든한 국밥 그릇

고려청자 조선백자 부러워할 일 없네

제 모습 후회 않으니

막치 소반에 얹힌들

아침새

가장 작은 새가 가장 높은 가지에서
꽃눈만 한 울대로 아침을 열고 있다

어둠이 안 걷힐까 봐, 잠시라도 멈추면

물에 뜬 달빛을 달이라고 말하네

강에 어리던 달 그 자취 감추었네

푸른 달 가리키던 말라빠진 손가락

물에 뜬 달빛의 기억을 달이라고 말하네

추상화를 보다

제 안에 꽃을 품고 씨앗이 익어가듯

물음의 꽃자리에 은유들이 부푼다

응답이 들릴 때까지 묻는 거다, 삶이란

우리네 삶을 가없이 극명하게 꽃피우는 단시조 미학

이경철 문학평론가

후르르 날리는 봄 붙잡아 곁에 두리/ 벚꽃 10리 신기루 들메끈은 풀린 채/ 갈림길 밤이 깊도록 헝클리고 헝클고(「짧은,」 전문)

생의 질정서 피는 꽃들의 짧아서 더 서정적인 울림

서연정 시인의 여덟 번째 시집 『투명하게 서글피』는 단시조집이다. 주로 꽃을 읊고 있다. 삶과 생명의 절정과 고갱이를 극명하게 보여주는 꽃을 단시조라는 시의 가장 짧은 정형으로 꽃피워 내 간결하고 선명하게 드러내고 있다. 그러나 울림은 가없이 넓고도 깊다.

꽃은 살아 있는 모든 것들의 순간순간의 절정이다. 하늘과 땅 사이에 생겨나서 자라고 서로 맺어지며 살아가다 마침내는 헤어지고 스러져가는 모든 생명 순간의 가장 간절한 몸짓이다. 나와 남, 나와 나 아닌 그 모든 것을 그 간절함의 절정에서 맺어주게 하는 의미가 꽃이다.

이번 『투명하게 서글피』는 우리 사람들에게 그러한 꽃의 의미를 선명하면서도 깊이깊이 각인시켜 주는 시집이다. 그래서 시인도 '시인의 말'을 통해 "언제 어디에서나 꽃은 너무나 천진하게 진실하게 아름답고 절실하다. 꽃은 앙버틴 그 시간을 씨앗으로 남긴다. 우리는 어떤 꽃일까"라고 꽃과 사람과 생의 의미를 묻고 있지 않은가.

서 시인은 1997년《중앙일보》지상시조백일장 연말장원, 바로 이듬해《서울신문》신춘문예에 당선되며 문단에 나왔다. 첫 시조집 『먼 길』을 시작으로 『문과 벽의 시간들』『무엇이 들어 있을까』『동행』『푸른 뒷모습』『광주에서 꿈꾸기』『인생』 등을 펴내고 2023년엔 가람시조문학상 등을 수상한 시조단의 중견, 그런 시인이 이번엔 단시조만 엮어 펴내 시와 삶의 정수를 맛보게 한 것이다.

그런 이번 단시조집의 특장이 잘 드러나고 있어 맨 위에 인용한 「짧은,」을 보시라. 꽃 그림자마저 환한 벚꽃길 걸으며 흐드러진 봄날의 심사를 아주 사실적이면서도 서정적으로 붙잡고 있지 않은가. 아른거리는 신기루 같은 벚꽃 봄날을 벌써 꽃잎은 풀풀 떨어져 날리며 가고 있다. 그런 봄날을 붙잡지 못하는 헝클어진 심사는 시인의 심사요 꽃의 심사요 천지에 미만한 우주의 보편적 심사 아닐 것인가.

이렇듯 단시조는 초장 중장 종장, 3장 45자 정도로 짧게 응축하면서도 우주적 정취와 시인의 맘 다 풀어놓고 확 싸매 종결하며 그 서정과 의미를 가없이 확산시키는 시의 정수다. 자유시는 물론 시조에서도 연시조, 사설시조 등으로 길게 나가며 시가 느슨해지고 있는 작금의 시단에서 서 시인은 이번 시조집에서 단시조의 정형으로 다시 한번 시의 들메끈을 다잡고 있다.

가다 서다 돌아와 다시금 일고 지네
백의 백 일 다시 백 일 소용돌이치는 운문雲紋
겹겹이 습자한 마음 차마 숨긴 고백일레
　－「배롱나무꽃」 전문

여름 100일 내내 꽃이 피고 지고 다시 피어 목백일홍이라 불리는 배롱나무꽃을 소재로 한 시다. 성냥갑 속 성냥개비 같은 꽃 심지를 겹겹이 쟁여놓은 듯 한 심지 한 심지 불붙듯 피며 지며 잎 다 진 가을까지도 피는 꽃을 빌려 그 같은 시인의 "습자한 마음", "차마 숨긴 고백"을 들려주고 있다. 그러면서 '소용돌이치는 구름의 무늬' 같은 배롱나무꽃에서 우주에 미만한, 어찌해 볼 수 없는 그리움의 기운, 연심戀心으로 확대돼 가고 있는 시다.

한 장을 한 행으로 쓰는 시조 정통기사법에 따르고 있는 시에서는 한 행 사이를 한 칸 더 띄어 연으로 처리한 시편들이 이 시집에 많으나 지면 절약상 이 글에서는 붙였다. 그만큼 연 사이로 넓게 벌어진 행간에서는 여백의 울림이 더 큰 게 단시조 응축의 미학이다. 위 시도 한 행 한 행 넓게 띄워가며 숨죽여 읽어보시라. 행간에서 우리네 숨긴 마음 고백이 배롱나무꽃 연신 피어나듯 울려 나오고 있지 않은가.

　화염처럼
　비수처럼

산철쭉

핀다

당신과 내가 함께

순장된 붉은 폐허

아스란 그 낭떠러지를

움켜잡고

핀다

　－「꽃, 구경究竟」 전문

　벼랑 위에 붉게 핀 철쭉꽃을 그린 시다. 주마간산走馬看
山식으로 지나치며 슬쩍 본 꽃이 아니라 제목처럼 삶의 궁
극을 캐 들어가며 실존의 깊이가 묻어나는 꽃이다. 그러
면서 삶과 시, 그리고 모든 예술의 알파요 오메가인 그리
움이 순정을 나시금 붉게 살아 오르게 하며 움켜쥐고 있
는 꽃이다. 우리네 삶도 아스라한 낭떠러지 움켜잡고 붉
게 붉게 피어오르지 않는가. 그런 실존적 삶의 정수가 꽃
이요 그리움이요 순정 아니겠는가.
　이렇게 이번 시집에서 서 시인은 꽃과 시인의 마음과

우주적 정취를 일치시키며 삶의 의미를 캐 들어가고 있다. 위 시처럼 한 어절을 한 행으로 잡을 정도로 응축되고 농축된 언어, 그 의미를 최대한 정확히, 생생하게 살려 살갑게 확산시켜 가면서. 이게 개념이나 관념으로 흘려버리는 경구, 에피그램 같은 짧은 자유시와 다른 단시조 응축의 미학 특장이다.

　　아픔을 모르기에 활짝 그리 피려는가
　　슬픔을 모르기에 곱게 그리 지려는가
　　그리움 물크러져도 괜찮은 척 사람아
　　－「척하는 꽃」전문

　그렇지 않은 척하면서도 꽃에서 그리움을 봐내고 있는 시다. 삶의 에너지이자 의미이면서도 끝도 가도 없어 종잡을 수 없는 그리움을 아주 쉽게 쉽게 풀어내 보여주고 있다.
　환희의 절정이면서도 그 절정이 곧바로 아픔과 슬픔으로 이어지는 그리움이며 사랑. 그런 삶의 이치를 모르는 척하면서도 그리 살아가는 우리네 삶을, 피었다 지며 물크러지는 꽃의 한생에 기대 아주 쉽게 읊조려 오히려 그리움을 더욱 그립게 하고 있는 시다.

　　눈부시게 빛나서 오히려 참혹한 때

　　슬픔까지 씻어내린 정갈한 공복의 때

　　술잔에
　　쓸개를 썰어
　　누가 나눠 마시나
　　 –「낙화…낙화…낙화…」전문

　아름다움의 절정에서 우수수 흩날리는 벚꽃, 또는 낭
떠러지에서 모가지째 바다로 수직 낙하하는 여수 오동도
동백꽃 등 참수당하는 것 같은 낙화의 미학을 읊은 시. 참
쓰디쓰면서도 개결하다. "누가 나눠 마시나"라는 외문으
로 맺고 있시만 그런 낙화의 미학에 꽃과 시인과 우주 삼
라만상 모두가 교감하고 있는 시다.
　이처럼 이번 시집에서 시인은 꽃을 통해 생의 의미를
캐 들어가고 있다. 꽃과 한마음이 되어 우주에 미만한 생
의 기운, 그리움의 의미를 짧으면서도 깊게 파 들어가고

있다. 짧아 장황하고 난삽하지 않게, 꽃과 같은 그리움 그 순정의 미학을 개결하게 드러내고 있다.

꽃의 식생, 자연의 문법에 따른 삶에서 농축된 서정

사랑을 추스른다 꽃잎들을 오므려
둥근 품을 짓는다 공손해진 줄기로
마음이 아무는 시간 기도를 시작한다
  −「자귀나무 꽃줄기에 땅거미가 내리면」전문

배롱나무꽃처럼 자귀나무꽃도 여름철에 핀다. 어둠이 내리면 잎들이 둥글게 오므라들며 부챗살처럼 퍼진 꽃술들을 감싸 안아 부부의 좋은 금슬을 드러내는 꽃이기도 하다. 그런 자귀나무꽃의 식생에 맞게 시인의 사랑과 그 한을 곱게 곱게 추스르고 있는 시다.

사랑, 그리움의 미학은 절정에서 나오는 것이 아니라 기도하듯 공손하게 추스르는 데서 나오는 게 아니던가. 그게 반만년 우리 민족 삶에서 나온 특유의 미학인 한恨이다. 그런 한의 정서를 가장 정갈하게 추스른 민족 미학

의 결정체가 시조라는 것을 서 시인의 좋은 단시조들은
보란 듯 증명해 주고 있다.

울지 않는 딸은 없다
엄마를 생각하며

그 딸 같은 꽃이 쪼그려 피고 있다

서리에 홑겹이구나 목장승도 언 새벽
　－「상강霜降 민들레」전문

　꽃 중에서 가장 흔히 볼 수 있는 꽃이 민들레다. 봄여름
없이 틈만 있으면 아무 데서나 뿌리 내리고 피고 지는 꽃.
하얀 솜털 머리 같은 씨앗들을 낙하산 날리듯 퍼뜨리고
있는데 또 옆에서는 새 꽃을 자꾸자꾸 피워 서리 내리는
상강에도 볼 수 있는 꽃이 민들레꽃이다.
　제목처럼 그런 추운 날에 떨며 핀 민들레꽃을 보고 쓴
시다. 늙어 홀씨를 퍼뜨리면서도 꽃을 피우는 모습에서
딸과 엄마, 그 질긴 생명력과 어찌해 볼 수 없는 인연을 먼
저 떠올리고 있다. 날로 추워지는 계절에 한 송이 민들레

꽃으로 유년의 따스하면서도 그 질긴 모정을 간절히 떠오르게 하는 사모곡思母曲으로 읽어도 좋을 시다.

걷잡지 못할 환희에 모종이 몸을 떤다
마음껏 울고 웃고 피었다가 지는 일
죽도록 해보겠다고
실뿌리 기를 쓴다
—「한해살이풀 연보年報」 전문

제목부터 아이러니로 재밌게 나가고 있다. '연보'는 살아온 내력을 연대순으로 적은 것인데 한해살이풀에 연보라니, 가당키나 한 것인가. 그래도 풀을 모종하다 보니 죽도록 끝까지 살겠다는 그 생명력이 그대로 전해지나 보다. 그런 풀과 시인이 함께 그런 생명력에 감전돼 몸을 떨며 전율하고 있는 시다.

삶에 무슨 거창한 의미며 관념이 있겠는가. '마음껏, 죽도록 울고 웃고 피었다가 지는', 그 자명한 일인 것을. 시는 그런 삶의 생생한 느낌을 감동의 전율로 느끼고 전하는 것이다. 그게 학문과 사상과 종교와 다른 시의 살아 있는 살갑고 생생한 맛 아니겠는가.

폭설 견딘 나뭇가지
우수雨水에 꺾이는 소리

헙수룩한 발자국에 투명하게 서글피

인연들 붉은 눈시울
봄이 오면 봄과 함께
　－「투명하게 서글피」전문

　이번 시집의 표제작이다. 제목처럼 서글픈데 뭐 때문
에 서글픈지 모를 시다. 말을 극히 아끼며 구차한 설명은
건너뛰어 버려 슬픔의 본연 자체를 투명하게 드러내고
있다. "헙수룩한 발자국"같이 구차한 인연의 가지들 다
쳐버리고 툭, 툭 부러지는 소리만 들리게 해 삶의 본연이
슬픔이려는 깃을 투명한 서정으로 보여주고 있는, 일종
의 극서정시極抒情詩다.
　장황하고 난삽하고 극히 어려워 소통이 안 돼 독자를
잃어가고 있는 자유시단에서 지극히 압축돼 짧은 시, 순
수 서정의 감동으로 소통하자며 극서정시 운동이 벌어지

고 있다. 시조야말로 반만년 갈고닦으며 정형으로 자리 잡은 극서정시의 모범이다. 아무리 서럽고 또 헤어져 서글플지라도 "봄이 오면 봄과 함께" 피고 지자는 위 시 종장이 얼마나 자연스럽게 극서정을 함축, 확산시키고 있는가.

너와 나 사이, 일상 현실에서 곱게 피어나는 꽃 시

먼저 내린 눈들은 눈사람이 되었다
정수리에 어깨에 가슴에 소복소복
다가와 저를 녹인다 안 아프게 스민다
-「눈꽃」 전문

꽃 없는 한겨울 나무 위에 눈이 내려 피운 '눈꽃'인 줄 알았는데, 아니다. 사람들 사이에도 꽃이 핀다는 것을 내리는 눈과 눈사람을 빌려 사실적으로 그린 시다. 서로에 대한 배려와 사랑을 아름답고 자연스럽게 드러내고 있는 시다.

얼마나 아파봤으면 삶에서 이렇게 한이 곱게 가신 시

가 자연스레 우러났을까 생각하니 삶과 시의 내공이 그
대로 들어온다. 이렇게 이번 시집에는 삶과 우리네 현실
에서 자연스러우면서도 깊이 있게 피어난 생활의 꽃 같
은 시편들도 적잖이 눈에 띈다.

오종종히 모여서 상처를 긁고 있다
손톱 밑에 까맣게 살비듬 박히는데
태양은 무료 급식처럼 뒤통수에 따갑다
　－「공친 날」전문

새벽 인력시장 모습이 떠오르는 시다. 새벽부터 나와
일당의 일자리에 팔려 나가길 줄 서서 기다리고 있다가
끝내 팔려 가지 못한 사람들. 해가 따갑게 떠오를 때까지
팔려 가지 못하고 오종종히 모여 상처나 긁으며 또 무료
급식소나 찾을 생각을 하고 있는 안쓰러운 사람들을 가
락히 크로키 해놓은 시가 많은 이야기를 새어 나오게 하
고 있다.
　비판적 현실 의식을 넘어 따뜻한 서정으로 처리하고
있어 그 울림이 크다. 이렇게 시조는 오늘의 삶을 효과적
이고 감동적으로 드러내는 시절가조時節歌調의 역할도 변

함없이 해내고 있다.

> 필부필부 허기 채우는 든든한 국밥 그릇
> 고려청자 조선백자 부러워할 일 없네
> 제 모습 후회 않으니
> 막치 소반에 얹힌들
> ―「뚝배기」 전문

투박하면서도 사는 정을 느끼게 하는 그릇이 뚝배기다. 도자기급으로 대접은 못 받고 개 밥그릇으로 나뒹굴지라도 제 역할 다해내는 것이 뚝배기다. 오늘도 허기를 따뜻하게 채워주는 든든한 국밥 그릇으로 제 직분 다하고 있으니.

그런 뚝배기를 따뜻한 시선으로 바라보고 있는 시다. 그러면서 아주 자연스럽게 인간의 직분이며 소명을 다시금 생각게 하고 있다. 그런 따스하면서도 사려 깊은 시선이 우리네 현실적 삶에서 뚝배기를 기운과 정을 돌게 하는 꽃으로 피어나게 하고 있다.

> 한 걸음 뗄 적마다 끈끈한 땀이 난다

아는 길 모르는 길 오로지 걸어갈 뿐

　지고서 가야 할 길을 무겁다고 벗으랴

　　-「달팽이」전문

　달팽이를 자세히 관찰하며 뻘밭에서 질척이며 살아가
야 하는 삶의 의미를 다시금 되새기게 하고 있는 시다. 무
거운 짐, 껍데기를 지고 연약한 몸으로 끈적이며 기어가
는 달팽이의 길, 앞을 내다볼 수 있는 눈도 없이 가야 하는
길이 또 우리네 삶의 길 아니던가. 이런저런 궁리로 잘 정
리된 어떤 실존주의 철학보다 직접 가슴에 다가와 척 달
라붙는 시다.

　요즘 그렇게 가슴에 안기는 풍경이나 대상을 보고 디
지털카메라로 찍어 짧은 시를 붙여놓은 디카시가 널리
공감을 얻으며 세를 확산하고 있다. 그런 디카시에도 단
시조 양식은 딱 들어맞는다.

　실버들 얽힌 동행 그예 깍지 풀려서

　등 돌리니 낯선 길 어머니 홀로 가네

　구름 속 구름이 되어 아스라이 먼 초행

　　-「初行」전문

짧지만 아득한 울림이 있는 시다. 그 울림이 삶과 죽음, 이승과 저승을 한길로 잇고 있다. 우리네 질척이는 고된 삶의 길도, 또 저승의 길도 이리 서럽게도 아름다운 길이란 것을 몇 어절로 농축돼 있으면서도 잘 짜인 서정이 환기시켜 주고 있다. 그러면서도 가없는 모정을 읽을 수 있게 하는 사모곡이다.

제목에 '초행'을 한자로 분명히 '처음 가는 길'이라 밝혀놓고 있지만 마지막에서는 장가나 시집가는 길을 뜻하는 '초행'으로도 아름답게 확산돼 읽힌다. 죽어서 하늘 가는 길이 "구름 속 구름", 우주적 기氣와 한 식구 되려 아스라이 가는 길이라니. 바람처럼 구름처럼 흐르며 살다 늙으면 산으로 들어가 산신령이나 신선이 되어 우주 삼라만상과 한 식구 한 몸으로 살아가는 우리 민족 고유의 풍류도가 얼마나 자연스레, 서정적으로 묻어나고 있는 시인가.

그렇다. 단시조야말로 우리 민족의 정서와 사상, 그리고 정 깊은 삶이 서정적으로 농축돼 있는 정형시다. 서연정 시인은 이번 시집 『투명하게 서글피』에서 그런 시조의 정형과 특장을 잘 살려내 우리네 삶을 시의 꽃으로 피위내며 한없이 서럽고도 아름답게 하고 있다. 꽃과 나, 대상과 자아의 나뉨과 구분을 넘어서는 물아양망物我兩忘의 지경에서 깊고도 아득한 울림을 주는 큰 시인의 길 계속 열어나가시길 빈다.